Princesas Fabulosas

Título original: *La principessa Non Voglio e il principe Voglio*

Primera edición: abril de 2009
@ 2009, Beascoa, Random House Mondadori, SA
Travessera de Gràcia 47-49, 08021 Barcelona
@2007, Edizioni EL, San Dorligo della Valle (Trieste)
www.edizioniel.com

La negociación de este libro se llevó a cabo a través
de Ute Körner Literary Agent, S.L., Barcelona – www.uklitag.com

Texto de Silvia Roncaglia
Ilustraciones de Elena Temporin

Traducción: Marta Càlix
Realización editorial: Bonalletra Alcompas, SL
Diagramación: Aura, SL
Proyecto gráfico original de Gaia Stock

ISBN: 978-84-488-2889-9
Impreso en Gramagraf (España)
Depósito legal: B-12.320-2009

Silvia Roncaglia

Elena Temporin

La princesa No Quiero y el príncipe Quiero

BEASCOA

A Marco Dallari,
que se ha convertido en mago.
(¿O ya lo era?)

En el reino del Bizcocho vivía una princesita a quien todos llamaban la princesa No Quiero. Cuando la princesa empezó a hablar, sus primeras palabras fueron: «No quiero» y, desde ese momento, cada una de sus frases comenzaba así.

—¡No quiero comer carne!

—¡No quiero irme a dormir tan pronto!

—¡No quiero ver a mi prima Rebeca!

—¡No quiero lavarme el pelo!

No hacía más que oponerse a todo y no aceptaba ni órdenes ni consejos, ni peticiones ni súplicas. Y como era hija de rey y de reina, le permitían cualquier

capricho y respetaban que se negara
a hacer lo que no quería hacer.

Cuando era la hora del baño, la princesa
No Quiero gritaba:

—¡No me quiero bañar! ¡Qué horror!
Notar el agua en la cara y el jabón en los
ojos… ¡No me quiero lavar, no me quiero
limpiar, dejadme en paz!

Entonces el rey le enseñaba:

La tinaja amarilla y roja,
la bañera de oro grandiosa,
el bidé traído de Portugal,
la ducha con el chorro lateral,
la piscina olímpica real,

y si no era suficiente, incluso el mar,
pero en el agua no, no quería entrar.

Y la reina le traía:

Una esponja natural de las Antillas,
el jabón que hacía burbujillas,
el albornoz con flores estrambóticas,
un champú de fragancias exóticas,
                    para enjabonarse...
pero ella nunca quería lavarse.

La princesita No Quiero se enfadaba,
pataleaba y decía:
—¡NO ME QUIERO BAÑAR!

Y si no quiero, no lo hago, porque ¡para
eso soy princesa! ¡Soy la hija del rey!
Cuando llegaba la hora del almuerzo,
la princesita No Quiero se negaba a comer
y gritaba:

—¡No quiero comer! No tengo hambre.
La carne no me gusta, la verdura
tampoco… ¡Qué horror esto, qué asco
aquello! ¡No quiero abrir la boca, me
cansa masticar, dejadme en paz!

Entonces el rey le enseñaba:

Los platitos de plata,
la jarra de cristal,

9

las servilletas de raso, las de seda real,
la sillita que parecía un trono,
las preciosas cucharas de oro,
las copas más raras que se puedan ver,
pero a comer no, no quería acceder.

Y la reina le traía:

Los huevos de codorniz y la liebre al
        pimentón,
el hojaldre crujiente, el suflé y el jamón,
croquetas, caviar, esturión y salmón,
puré amarillo y cremoso requesón,
el marisco y los caracoles de mar...
pero nada de nada, no quería almorzar.

La princesita No Quiero se enfadaba, pataleaba y decía:

—¡NO QUIERO COMER! Y si no quiero, no lo hago, porque ¡para eso soy princesa! ¡Soy la hija del rey!

Cuando era hora de acostarse, como es natural, la princesita No Quiero no quería dormir y gritaba:

—¡Que no voy a dormir! No quiero cerrar los ojos, no me gusta la noche, no quiero estar a oscuras y quiero jugar. ¡No quiero dormir, dejadme en paz!

Entonces el rey le
enseñaba:

La cuna con las puntas de algodón,
la cama blanda con un gran colchón,
la cama de su hermano dormilón,
una gigantesca cama con baldaquín,
con tobogán, cortinas y trampolín,
hamacas y literas difíciles de describir,
pero a dormir no, no quería ir.

Y la reina le traía:

Sábanas refinadas de buen lino,
mantas de piel de armiño,
calientes plumones colorados

y blandos almohadones bordados,
el camisón de puntas y lacitos...
pero ella no quería cerrar los ojitos.

La princesita No Quiero se enfadaba, pataleaba y decía:
—¡NO QUIERO DORMIR! Y si no quiero, no lo hago, porque ¡para eso soy princesa! ¡Soy la hija del rey!

La princesita No Quiero tampoco quería leer y gritaba:
—¡No quiero leer! No tengo ganas de forzar mis bellos ojos y no me gustan los libros, ni siquiera para mirar los dibujos… ¡No quiero leer, entender y escuchar, dejadme en paz!

Entonces el rey le enseñaba:

Libros pequeños y desmesurados,
libros ligeros y libros pesados,
libros ilustrados y abecedarios,
poemas en rima, atlas y diarios,
libros de ciencias, historia y geografía...
pero ninguno de ellos leer quería.

Y la reina le traía:

Libros de cuentos y algunos versos,
que hablaban de brujas y ogros perversos,
que narraban viajes por tierra y por mar...
pero nada de nada quería escuchar.

La princesita No
Quiero se enfadaba,
pataleaba
y decía:

—¡NO QUIERO LEER!
Y si no quiero, no lo hago, porque ¡para
eso soy princesa! ¡Soy la hija del rey!

El caso es que, cuanto más se negaba
a hacer lo que no quería, más caprichosa
se volvía la princesa No Quiero.

—¡No quiero esa medicina amarga!
—gritaba. Y enseguida su madre
convencía al médico para que le preparara
una medicina dulce como la miel.

—No quiero caminar, ¡estoy cansada!

—Y rápidamente el rey ordenaba que trajeran una carroza o una sillita y la princesa no tenía que apoyar en el suelo ni siquiera la punta de su zapatito.

Mientras, en el cercano reino del Bacalao vivía un principito a quien todos llamaban el príncipe Quiero. Cuando el príncipe empezó a hablar, su primera palabra fue: «Quiero», y desde aquel momento cada una de las frases del príncipe empezaba así.
—¡Quiero los soldaditos de colores!
—¡Quiero mil piruletas!
—¡Quiero una corona grande como la de papá!

—¡Quiero un caballo blanco con las riendas de oro!

El príncipe no hacía más que pedir, pedir y pedir...

Y como era hijo de rey y de reina, y para sus padres no suponía un problema complacerlo, obtenía siempre todo lo que quería.

Cuando era la hora del desayuno, el príncipe Quiero exigía gritando:

—*Quiero una bandeja con cien mil galletas,*
de oro y de plata, brillantes y bien hechas.
Quiero una taza de chocolate,

que caiga de una cascada rebosante.
Quiero la nata en una copa dorada,
untar la mantequilla con una espada,
y mermeladas en gran cantidad.
¡Que sean trescientas y de calidad!

Entonces el rey llamaba a sus ingenieros
y hacía que estudiaran y crearan para el
príncipe el proyecto de una cascada de la
que brotase chocolate caliente.
E importaba desde la lejana China
preciosas copas doradas para su igualmente
precioso hijo. Luego pedía al
herrero más famoso
del reino que forjara
para el principito

una espada magnífica, no muy peligrosa y especial para untar mantequilla.

La reina, mientras tanto, ordenaba a los cocineros de las cocinas reales que hicieran galletas de oro y de plata, y si no eran capaces, los despedía y buscaba por todo el reino, así como por los reinos cercanos, hasta encontrar a un cocinero capaz de hacerlas. Después hacía una lista de frutas: albaricoques, melocotones, ciruelas, fresas, manzanas... y no se detenía hasta que no llegaba a trescientos tipos diferentes.

Si las frutas eran raras, o crecían sólo en los trópicos o en Japón, mandaba una nave a esos lugares lejanos para comprarlas allí. Después, en las cocinas reales se cocían

durante horas, entre
perfumes de todo
tipo y mermeladas
de todas clases.

Por eso, en la mesa del príncipe era posible
encontrar, durante el desayuno, un tarro
de mermelada de papaya y una mermelada
de alquequenje, así como confitura de
calabacín, pepino y cebolla, porque
trescientas variedades son muchas y son
difíciles de lograr.

Cuando llegaba el momento de ir a la
escuela, el príncipe Quiero exigía gritando:

—Quiero una escuela de mazapán
con aulas muy raras y un tobogán.

Quiero maestros vestidos de amarillo
y un profe de historia que sea un
*   lorillo.*
Quiero estudiar mucha poesía,
ni una sola regla de geometría.
Quiero tres horas de piruetas
si es primavera o vuelan las cometas.
¡Quiero expertos con las barbas azules
que sepan enseñarme los bailes zulúes!

Entonces el rey organizaba una
expedición a África para buscar zulúes
expertos en danza. Para colmo, no sólo
los obligaba a dejarse crecer la barba, sino
también a teñírsela de azul. Después daba
orden a todos los maestros, bajo pena

de cortarles la cabeza, de vestirse siempre y únicamente de amarillo. La reina hacía preparar a sus pasteleros ventanas, ladrillos, tuberías y tejas de exquisito mazapán. Luego, todos los ingenieros, arquitectos, carpinteros y albañiles se ponían manos a la obra para construir la escuela de mazapán solicitada por el principito. En esa escuela había aulas redondas pintadas de azul, aulas triangulares pintadas a rayas como las cebras y otras pintadas con los colores del arco iris y con las paredes formando un hexágono perfecto. El gimnasio era violeta con topos amarillos y tenía la forma de una gran calabaza.

Así pues, el principito hacía muchas
piruetas y aprendía a escribir en verso
y a recitar poemas, pero no sabía
distinguir un cuadrado de un círculo, a
pesar de haber pedido todas las
habitaciones de formas diferentes, porque
los maestros obedecían a la orden de no
mencionarle siquiera la geometría.
El problema más grave había sido
encontrar un loro experto en historia.
Primero, el rey convocó en la corte
al profesor de historia más sabio del
reino. Después la reina sacó de la jaula del
jardín del castillo el loro más inteligente
y parlanchín, y el profesor de historia
le enseñó a repetir todo lo que él sabía.

Al final, el pájaro estaba perfectamente
capacitado para decir el nombre
de los siete reyes de Roma y de todos
los faraones de Egipto, la fecha de todas
las batallas y de todos los armisticios de
cualquier parte del mundo y de cualquier
época... En conclusión, sabía repetir como
un loro todas las nociones de historia.
Pero a pesar de todo, el príncipe Quiero
se cansó rápidamente del animal y exigió
gritando:

—*Quitad de mi vista a este loro.*
Quiero que el cocinero haga un buen
        estofado,
o tal vez un asado con patatitas,

a tajadas crujientes cortadas finitas.
Es muy aburrido y tiene demasiada
  memoria,
me lo quiero comer, ¡se ha terminado la
  historia!

No hace falta decir que, por desgracia para el loro, el príncipe Quiero fue rápidamente complacido.

El problema era que, cuanto más conseguía lo que quería el príncipe Quiero, más caprichoso se volvía, y pedía a gritos:

—¡Quiero veinte pajes sólo para mí!

Y sin dudarlo el rey le conseguía veinte pajes que lo servían y lo reverenciaban.

—¡Quiero una tarta de cumpleaños alta como la torre del castillo!

Y al instante la reina avisaba a los pasteleros más hábiles del reino y pedía que preparasen una tarta fantástica, tan alta como la torre más alta del castillo.

De este modo, mientras el príncipe Quiero
crecía y obtenía todo lo que quería,
también la princesita No Quiero crecía
y no hacía nada de lo que no quería hacer.
Un día, el príncipe Quiero del reino del
Bacalao supo que en el reino del Bizcocho
había una bella princesa que tenía como
dote diez castillos, miles de caballos,
perlas y diamantes, sedas preciosas,
ducados y brillantes.

El príncipe Quiero, que a esas alturas ya
era un joven en edad de encontrar esposa,
pero que no había perdido la costumbre
de decir siempre «Quiero», ordenó al
momento:

—*Quiero esos diez castillos,*
esos mil caballos,
las perlas y los diamantes,
las sedas, los ducados y los brillantes.
¡Quiero que la princesa del Bizcocho
      sea mi mujer
pero toda su dote me tiene que traer!

De inmediato, el rey y la reina dieron al
príncipe una escolta de pajes y escuderos
para que lo acompañasen al reino vecino
a pedir la mano de la princesa No Quiero.
Sin embargo, en cuanto la princesa lo vio
y oyó su petición, naturalmente respondió
como era de esperar:

—¡NO ME QUIERO CASAR CON ÉL!
Y si no quiero, no lo hago, porque ¡para
eso soy princesa! ¡Soy la hija del rey!
El príncipe Quiero se puso rojo de ira y
pataleó: era la primera vez que no obtenía
lo que quería. ¡Pero no había nada que
hacer! El príncipe Quiero quería casarse

con la princesa No Quiero,
y la princesa No Quiero no quería
casarse con el príncipe Quiero.
El príncipe, lleno de rabia y desilusión,
decidió volver a su castillo. Pero mientras
se alejaba, le sucedió una cosa muy
extraña: sintió que amaba a esa princesa,
supo que la amaba desde el primer
instante en que la vio, y ya no quería los
diez castillos, los mil caballos, las perlas y
los diamantes, los ducados y los brillantes.
No quería la dote, lo único que quería era
el amor de la princesa.
Y también a la princesa le sucedió algo
extraño. En cuanto se marchó el príncipe,
ella se dio cuenta de que lo amaba.

Había sentido el amor en cuanto lo había visto, pero por culpa de su mala costumbre había dicho «No quiero».

El príncipe Quiero volvió corriendo hacia el reino del Bizcocho y por primera vez dijo:

—¡Lo único que quiero es tu amor!

Después se echó a los pies de la princesa y le preguntó otra vez:

—¿Quieres casarte conmigo?

La princesa No Quiero lo miró, le sonrió y por primera vez dijo... No, no lo dijo. Amaba al príncipe y de todo corazón habría querido contestar: «Sí, ¡yo también quiero casarme contigo!», pero no lo consiguió.

Abrió la boca, dispuesta a aceptar su propuesta convencida de que iban a ser muy felices, pero de su boca salió el habitual:

—¡No quiero!

Por desgracia, aquellas dos palabras tenían raíces fuertes y profundas como las de las malas hierbas, y ni siquiera con la mayor fuerza de voluntad la princesa No Quiero conseguía pronunciar otras palabras. Y es que a veces las costumbres se vuelven más fuertes que nosotros...

El rey y la reina, también por costumbre, dijeron:

—¡Como quieras, cariño!

Y despidieron al príncipe Quiero.

Sin embargo, la reina, al ver a aquel guapo joven tan triste y enamorado, le aconsejó en voz baja:

—Vuelve dentro de un mes e inténtalo otra vez.

El príncipe Quiero, herido e infeliz, se retiró a su castillo. Contaba los días y las noches esperando a que pasase el mes. Lo único que quería era que los días y las noches volaran, porque ya no tenía otros deseos, lo único que quería era poder ver otra vez a la princesa y obtener su amor. Mientras tanto, en el reino del Bizcocho, en cuanto el príncipe se despidió la princesa No Quiero se echó a llorar. Entonces el rey le dijo:

—No te preocupes, hija mía amada,
si para casarte no estás preparada.
¡No debes casarte en un suspiro
con este príncipe presumido!
Sabré encontrarte otro marido,
más alto y rubio, y mejor vestido.
Con quien tú quieras, te casarás.
Sécate los ojos, ¡no llores más!

La reina acarició los hombros de su hija,
que se movían al ritmo de sus sollozos,
y le mostró, para que pudiera elegir,
un catálogo de posibles maridos con
decenas de retratos, listas de riquezas
y cualidades de cada pretendiente.

La princesita observó:

al príncipe rubio de Cortapiés
y al joven duque de Cuatroportrés;

a un rico marqués con cien
    castillos,
experto en vinos, en caza y
    membrillos;
a un conde bastante guapo pero
un poco pobretón,
a otro amable y simpaticón;
a un ruso, a un chino y hasta a un
    americano
a quien ella podía conceder la mano.

Pero la princesa No Quiero movía la cabeza y seguía llorando. Al final, entre un sollozo y otro, consiguió decir:

—*No quiero al príncipe de Cortapiés*

y tampoco al duque de Cuatroportrés.
¡No quiero a ninguno de esos mequetrefes,
al príncipe del Bacalao prefiero mil veces!

El rey y la reina se quedaron un poco
sorprendidos. No conseguían comprender
el raro comportamiento de su hija, que
primero había rechazado a un príncipe a
quien ahora afirmaba amar. Y ¿por qué
lloraba después? Fuera como fuese,
aliviados por la noticia, quisieron saber
ambos:

—Entonces, ¿te quieres casar con el
príncipe del reino del Bacalao?

—¡No Quiero! —respondió sin querer
automáticamente.

Después se puso a llorar otra vez porque quería decir «Quiero», pero la pobre no lo conseguía.

El rey se rascaba la cabeza, perplejo. Hasta que la reina entendió finalmente cuál era el problema de su hija.

—Querida mía —le dijo—, creo que quieres casarte con el príncipe del reino del Bacalao, pero no consigues decir «Quiero» porque desde que naciste has dicho siempre «No quiero». Pero no es difícil, se trata sólo de cambiar de costumbre. ¿Quieres intentarlo, por favor?

—¡No quiero! —respondió repentinamente la princesa sin ni siquiera pensarlo, porque ante cualquier pregunta, aunque fuese una petición hecha de rodillas, siempre había contestado con un rotundo «no», y no había aceptado ni órdenes ni consejos, ni peticiones ni súplicas.

—¡Vaya, vaya! Así es imposible saber qué quiere… — musitó el rey, que seguía rascándose la cabeza.

La reina suspiró, pero después tuvo una idea. Entonces se dirigió a la princesa y dijo:

—Hija mía, si amas al rey del Bacalao y te quieres casar con él, tienes que asentir con la cabeza, pero sin hablar.

La princesa dijo que sí con la cabeza, pero después se le escapó, aunque casi en un susurro, un claro: «¡No quiero!», porque asentir con la cabeza no era para ella una cosa nada fácil ni habitual.

—Bien, querida, tienes un mes de tiempo para entrenarte para decir «Quiero», porque dentro de un mes exacto, ¡el príncipe del Bacalao volverá aquí a pedirte de nuevo la mano! —concluyó la reina.

Pasó un mes y la princesa, que se había entrenado a diario para decir la palabra «Quiero», estaba más que convencida de que iba a poder aceptar aquella propuesta de matrimonio que tanto esperaba.

—¡Te amo todavía más que antes! —exclamó bruscamente el príncipe Quiero en cuanto se encontró frente a ella.

—¡Yo también te amo! —dijo poniéndose colorada la princesa No Quiero.

El príncipe no podía creer lo que oía y le preguntó de inmediato:

—¿Quieres ser mi esposa?

La princesa No Quiero lo miró, le sonrió y por primera vez dijo... No, no lo dijo. No fue capaz de decirlo porque, aunque es verdad que se había entrenado para decir «Quiero» («Quiero un vestido de baile», «Quiero montar a caballo», «Quiero una mimosa», «Quiero un pintalabios rosa»...), nunca lo había dicho como respuesta a una petición. Y el príncipe había hecho una petición, una pregunta; en conclusión, una de esas frases con un signo de interrogación al final a las que ella sabía y podía responder de una sola manera. Y así lo hizo.

—¡No quiero! —exclamó, y lo hizo pataleando enfurecida. No logró dar la respuesta que deseaba, pero lo cierto es que al príncipe no le causó buena impresión. Es más, se marchó pensando que aquella chiquilla cruel se burlaba de él y de sus sentimientos. Por suerte, la reina corrió detrás y consiguió explicarle que su hija lo amaba de verdad y que deseaba muchísimo casarse con él, pero que tenía un pequeño problema... Primero el príncipe Quiero se sintió tranquilo y feliz, pero después suspiró desconsolado:

—¿Cómo podremos casarnos? ¡Ningún cura ni juez, ni siquiera el rey en persona, podrá unirnos en matrimonio!

En efecto, en ese reino y en esa época, para casarse era necesario seguir un procedimiento muy concreto, y a la pregunta: «Princesa Tal de Cual, ¿quieres al príncipe Tal de Cual como tu legítimo esposo?», la futura esposa debía responder: «¡Sí, quiero!».

En resumidas cuentas, no bastaba con pronunciar un simple «sí», y aún menos con asentir con la cabeza. La frase tenía que ser clara, precisa y completa: «¡Sí, quiero!».

—Ya lo sé. ¡Mi hija nunca conseguirá decirlo! —decretó la reina.

—A menos que... —dijo el príncipe Quiero, que había tenido una idea.

En aquellos tiempos, vivía en el reino del Bacalao el mago Agapín Calabacín, llamado también el mago de la

palabra. No usaba alambiques ni pociones, no tenía varitas mágicas ni bolas de cristal, pero conocía y usaba las palabras de todas las lenguas como un experto malabarista. Y con las palabras, como todos sabemos, se puede hacer magia.

El príncipe Quiero fue a visitar al mago Agapín Calabacín para consultarle el problema, y el mago, cuando supo de qué se trataba, dijo:

—¡Eso no es ningún problema! Preparad la boda —y lo dijo en veintisiete idiomas diferentes, porque él era así, con las palabras exageraba un poco. Pero esas veintisiete frases, que repetían lo que el

príncipe Quiero soñaba oír, eran música celestial para sus oídos.

Se preparó la boda y el rey del Bizcocho en persona quiso oficiar la ceremonia que unía como marido y mujer a su hija con el príncipe del Bacalao. Tenía al lado al mago Agapín Calabacín.

—Príncipe del Bacalao, ¿quieres casarte con la princesa del Bizcocho? —preguntó el rey.

—¡Sí, quiero! —contestó más que convencido el príncipe.

El rey estaba a punto de abrir la boca y preguntar lo mismo a su hija cuando el mago Agapín Calabacín se inclinó hacia él y le susurró algo al oído.

El rey entonces sonrió y preguntó:

—Princesa del Bizcocho, ¿quieres negarte a casarte con el príncipe del Bacalao?

—¡No, no quiero! —respondió rápidamente la princesa.

—Bien, entonces os declaro marido y mujer —anunció el rey.

A continuación se secó la frente empapada en sudor. Seguramente nadie había pasado tantos apuros para casar a una hija.

El príncipe Quiero y la princesa No Quiero vivieron unidos, felices y contentos. Tuvieron muchos hijos, todos muy alegres y obedientes, que no decían nunca (bueno, casi nunca) «Quiero» y «No quiero».

Silvia Roncaglia   Elena Temporin

La princesa que leía demasiadas
historias de princesas

Princesas Fabulosas
BEASCOA

Silvia Roncaglia   Elena Temporin

La princesa No Quiero
y el príncipe Quiero

Princesas Fabulosas
BEASCOA

Silvia Roncaglia   Elena Temporin

La princesa Buenpastel
y el horrible Grunch

Princesas Fabulosas
BEASCOA

Silvia Roncaglia   Elena Temporin

La princesa Mil Travesuras

Princesas Fabulosas
BEASCOA